TABLE DES CHAPITRES.

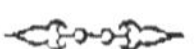

CHAPITRE I.

CHAPITRE II.

CHAPITRE III.

CHAPITRE IV.

Jusqu'ici, quand on a fait de la critique dramatique, on s'est contenté de juger l'acteur d'une manière absolue. On a dit, par exemple : Lekain et
Talma sont admirables, et on a cherché à repro-
duire sur le papier, autant que cela était possible,
quelque chose de leur physionomie et de leur diction : on a fait des portraits.

C'est ainsi que dans le temps passé on a vu tour
à tour La Bruyère, Voltaire, La Harpe, Marmontel,
faire un portrait de Corneille, un autre de Racine,
et les réunir ensuite dans un parallèle. Maintenant
que la littérature a renoncé à ces amusements de
l'école, maintenant qu'elle cherche à se rendre
compte des faits, à juger Corneille et Racine en se
replaçant au milieu de la société où ils ont vécu,

on se demande si au théâtre on ne pourrait expliquer de même la différence de la déclamation sous les phases diverses de la scène française? car l'acteur a toujours été lié à l'auteur, et séparer dans l'histoire littéraire Baron de Corneille et de Racine, Lekain de Voltaire, serait chose impossible.

N'est-ce pas pour Racine que Baron a changé la déclamation reçue de son temps? N'est-ce pas pour Voltaire que Lekain a créé un genre nouveau? Et n'est-ce pas ainsi qu'on a vu applaudir tour à tour des manières bien opposées de réciter le vers tragique?

Ainsi, quand on en viendra à étudier avec détail la déclamation de notre temps, on aura appris à ne plus se contenter de jugements absolus, à ne plus dire seulement : « Tel acteur est beau dans tel passage, il est faible dans tel autre.» Laissant de côté ces appréciations, toujours incomplètes, on cherchera quels sont les traits généraux de la littérature de son temps, et on verra comment l'acteur doit comprendre les poëtes contemporains, comment il doit étudier les tragiques du temps de Louis XIV.

CHAPITRE I.

Baron, Lekain, Talma.
Du Matérialisme et du Spiritualisme dans l'acteur.
Mademoiselle Rachel dans ses rôles modernes.

Si l'on jette un coup d'œil sur notre littérature en commençant par le seizième siècle, on verra qu'à cette époque la vraie tragédie n'avait pas encore paru, la vraie déclamation ne pouvait pas exister non plus. Sous Garnier, Hardy et les autres poëtes de cette époque, on récite le vers d'une manière emphatique et ridicule ; c'est ce que nous pouvons dire avec certitude, d'après quelques lignes jetées dans les auteurs contemporains. Mais il ne pouvait plus en être ainsi quand l'époque des chefs-d'œuvre fut venue.

Avec le dix-septième siècle et ses grands poëtes, tout change. Corneille écrit ses tragédies, Racine lui succède. Les poëtes sont venus, il ne manque plus que l'artiste pour les interpréter. Aussi, bientôt on voit paraître Baron et la Champmêlé, ces deux grands acteurs tous deux élèves de l'auteur d'*Andromaque;* car ce fut dans le commerce du poëte que Baron puisa les qualités que demandait la littérature du dix-septième siècle. Il sut être simple et noble.

« Il parlait en déclamant, ou plutôt en récitant, pour parler sa langue, dit Marmontel, car il était blessé du seul mot de déclamation..... Ni ton, ni geste, ni mouvement, qui ne fût celui de la nature..... Enfin, il fit connaître la perfection de l'art, la simplicité et la noblesse réunies. Un jeu tranquille sans froideur, un peu impétueux avec décence ; des nuances infinies, sans que l'esprit s'y laissât apercevoir. »

La révolution était complète ; la déclamation de Baron différait de celle du seizième siècle, comme Racine et Corneille différaient de Garnier et de Hardy. Le changement dans la littérature avait amené avec lui le changement dans le théâtre.

A côté de Baron, se place mademoiselle Champmêlé. Elle aussi, elle était l'élève de Racine. Ce grand homme lui avait enseigné l'art tout entier, en lui commandant d'être vraie.

Que si, après la mort de Racine, elle abandonna les traditions du bon goût, rien de plus simple : ce guide si sûr n'était plus là pour la conduire. Racine ne lui répétait plus qu'elle devait chercher à être naturelle pour émouvoir, qu'à cette condition seule elle arracherait des larmes ; elle se mit alors à déclamer, à chanter le vers.

Heureuse si, à l'exemple de Baron, elle avait su rester fidèle aux conseils d'un tel maître! c'est lui seul qui l'avait formée. Quand il l'abandonna, elle tomba ; tant il est vrai que l'acteur est lié à l'auteur.

Mais quand le dix-septième siècle inclina vers l'époque de Louis XV, la déclamation changea comme la tragédie; Voltaire succéda à Racine. On sait que l'auteur d'*Œdipe* fut ébloui par le style de *Phèdre* et d'*Athalie;* il s'efforça de l'imiter. Mais Voltaire n'était pas né pour la tragédie. Je ne sais si, de bonne foi, il croyait écrire comme Racine; tous les littérateurs en ont jugé autrement. Ils ont trouvé sa pensée souvent déclamatoire, et ils ont désapprouvé cette élégance un peu monotone.

Cette tragédie, différente de celle du dix-septième siècle, ne pouvait plus être déclamée comme les œuvres de Corneille et de Racine avaient dû l'être. C'est ce que comprit Voltaire, c'est ce qu'exprima Lekain. Lekain, tout en s'efforçant d'émouvoir le spectateur par les grandes facultés que l'étude avait développées en lui, ne chercha jamais à être simple. Voltaire s'y serait opposé, car cette simplicité aurait détruit l'effet que le poëte voulait produire.

Aussi il s'établit entre Voltaire et Lekain un commerce d'idées, une sorte de filiation littéraire.

1*

Voltaire était l'auteur, Lekain l'éditeur; ces deux personnages avaient besoin l'un de l'autre, et je crois, comme le dit mademoiselle Clairon, «que Lekain ne se trouvait lui-même que dans les rôles de son protecteur et de son maître.»

Telle fut cette tragédie pompeuse et monotone, qu'on a appelée la tragédie du dix-huitième siècle ; telle fut aussi la déclamation de cette époque.

Mais la tragédie de Voltaire, mais la déclamation de Lekain, passèrent avec Louis XV. Quand Voltaire se couchait dans sa tombe, le théâtre prenait une forme nouvelle. Chénier, comme on a dit, en fit une tribune de club; Ducis chercha à y faire applaudir les pièces de Shakspeare. Suivant l'expression du temps, il les accommoda au goût français. Il les réduisit à des proportions mesquines, mais il ne leur enleva pas toute leur énergie. Dans le vers de Ducis, il y eut encore quelque chose de terrible; et quand ce poëte cherchait un acteur qui pût émouvoir, arracher des larmes ou frapper d'épouvante, Talma se présenta.

« Il fait disparaître entièrement la mesure, dit Noverre, il méprise l'harmonie.» Cette déclamation fut surtout celle de ses débuts; peu à peu il la modifia, mais jamais il ne la changea.

Et, certes, l'acteur eût fait un singulier contresens s'il eût voulu déclamer, d'après les lois de l'harmonie, des rôles écrits commec eux de Macbeth et d'Othello. Il fallait, par-dessus tout, qu'il s'at-

tachât à rendre la pensée de Ducis; les témoigna-
ges contemporains nous l'apprennent : il y avait
réussi.

Talma touche presque à notre temps. Combien
d'hommes vivants se souviennent encore de lui !
Mais, cependant, entre son époque et la nôtre, il
s'est fait toute une révolution dans la tragédie.

C'est dans les dernières années de la Restaura-
tion que le drame romantique vint se présenter
aux yeux surpris et faire parade sur la scène des
incroyables licences qu'il s'était données. Autour
de M. Victor Hugo, le véritable chef de cette école,
on a bientôt vu se ranger des disciples fiers du
droit de tout représenter. Eux aussi, ils ont trouvé
l'acteur qui convenait à leurs œuvres; et ceux qui
se souviennent des représentations de la Porte-
Saint-Martin reconnaissent tous que M. Frédérick
Lemaître est le représentant du drame nouveau.
C'est un Talma, mais un Talma de boulevard.

Frédérick Lemaître a compris tout ce que ces
drames pouvaient fournir d'effets terribles. Cette
école s'est montrée matérialiste, elle a cherché à
faire reculer d'épouvante. Frédérick Lemaître a
tout senti, tout exprimé; aussi son nom reste insé-
parable des auteurs qui lui ont dû leur re-
nommée.

Mais il n'a fallu que quelques années pour dé-
goûter le public de ces drames horribles. Ce n'est
plus Victor Hugo ni les siens qui dominent au

théâtre; notre littérature est entrée dans une époque nouvelle.

Il y a quelques années, en décembre 1843, un jour, l'affiche de l'Odéon portait : « *Lucrèce*, tragédie en cinq actes. » Ce fut un heureux jour pour tout ce qui croyait encore aux traditions du grand siècle.

Lucrèce remplaçait heureusement les titres d'*Angelo* et de *Marion Delorme;* et cette fois, ce n'était plus un drame en trois journées et en sept actes, c'était une tragédie, et une tragédie en cinq actes.

Aussi le succès fut complet ; tout Paris applaudit le jeune poëte; l'Académie s'émut, et le *Journal des Savants* consacra quelques-unes de ses pages précieuses à l'analyse de l'œuvre nouvelle.

Représentée d'abord à l'Odéon, la *Lucrèce* a été admise plus tard à la Comédie-Française, où elle a trouvé pour l'interpréter mademoiselle Rachel.

A nos yeux, il est impossible de séparer mademoiselle Rachel de nos poëtes contemporains : n'est-ce pas elle qui a tour à tour animé de son talent *Lucrèce, Virginie, Valéria, Diane?* et dès ses débuts sur la scène, ne semblait-elle pas avoir préparé le changement de notre littérature en faisant applaudir Camille et Hermione? car mademoiselle Rachel a deux répertoires, celui qu'elle s'est fait dans le dix-septième siècle, et celui que lui fournissent chaque jour nos poëtes contemporains.

C'est ainsi qu'ont fait tous les acteurs ; on a vu Lekain jouer avec un égal succès les tragédies de

Voltaire et les poëtes du dix-septième siècle, et Talma obtenir d'unanimes applaudissements dans les rôles d'Oreste ou de Néron.

Si donc l'acteur suit l'auteur, s'il est, pour ainsi dire, élevé par les poëtes avec lesquels il vit, peut-on s'étonner que Lekain ait joué les tragédies de Racine comme il jouait celles de Voltaire; que Talma ait de même porté dans le dix-septième siècle le genre de déclamation qui convenait aux œuvres de Ducis? Mais ce qui a favorisé ces représentations de nos grands classiques au dix-huitième et au dix-neuvième siècle, au milieu de systèmes littéraires si opposés, c'est la beauté de leur poésie.

Lekain déclame le vers; quel vers, mieux que celui de Racine, pourra se prêter à être déclamé? Talma a pris un système tout opposé; mais ce système, ne pourra-t-il pas l'appliquer avec le même succès dans les rôles de Nicomède, d'Oreste, de Néron, que dans ceux de Macbeth et d'Othello? « Il brise le vers, n'observe pas les lois de l'harmonie; » mais où pourrait-il mieux les négliger que quand il représentera l'ironie de Nicomède ou les fureurs d'Oreste?

C'est là le mérite des grands auteurs du dix-septième siècle; quel que soit le temps où on les représente, quels que soient les acteurs qui les jouent, ils n'ont rien à craindre; leur poésie est comme une de ces femmes vraiment belles, qui peut se draper dans la robe des anciens ou se serrer dans le vêtement français sans perdre de sa beauté. Ainsi, depuis Baron, chaque acteur s'est trouvé en présence de deux littératures toujours différentes et maintenant opposées, celle du dix-septième siècle et celle de son temps : aussi, désormais, comme les croyances littéraires sont changées, l'acteur sera forcé d'adopter deux systèmes de déclamation, un pour les poëtes de son temps, un pour celui du temps passé, et alors on peut se demander comment il satisfera à des besoins si opposés, comment il s'élèvera à la tragédie, comment il jouera le drame ; et enfin, comment pourrons-nous dire de lui, ainsi que du poëte : il est spiritualiste, il est matérialiste ?

Il semble que l'acteur doit être toujours matérialiste, son art paraît le lui commander ; son but est de frapper les spectateurs ; pour cela, quels sont les moyens dont il dispose ? c'est la voix, le geste, la pantomime, et rien n'est moins spiritualiste que l'effet qui peut résulter de causes pareilles. Jetons les yeux sur le public. Ce public qui vient chercher des émotions, qui exige que l'acteur le fasse trembler ou pleurer, pourra-t-il verser des larmes ou reculer d'effroi si l'acteur ne s'anime, si par ses gestes, si par ses cris, il ne produit l'effet qu'on attend ? Ainsi, le jeu de l'acteur serait le même dans Racine que dans Victor Hugo ; les pensées, il les figurerait pour les présenter aux yeux, et alors, il n'y aurait plus de différence essentielle entre sa manière de comprendre les personnages du drame et ceux de la tragédie.

Quelques anecdotes sur le jeu de Talma semblent venir à l'appui de l'opinion vulgaire. Dans *Cinna,* quand il en venait à ces vers :

> Le fils, tout dégouttant du meurtre de son père,
> Et, sa tête à la main, demandant son salaire.

il s'avançait d'un pas, fermait sa main gauche et la présentait aux spectateurs ; il semblait porter la tête sanglante d'un proscrit. Tous les contemporains de Talma ont applaudi ces vers, et la tradition s'en est conservée au théâtre, où l'acteur qui joue Cinna ne manque pas d'imiter ce geste.

Cependant, je ne crois pas que Racine eût donné de semblables conseils à Baron ; au contraire, il lui eût peut-être dit : N'essayez pas de frapper ainsi les sens du spectateur ; il y a un but plus haut et plus digne de vous, c'est de vous adresser à l'âme, c'est de montrer toute l'horreur que vous avez pour l'acte du parricide, par votre voix, par votre débit, et alors vous ne changerez pas la pensée du poëte, vous la continuerez. Peut-être Racine eût-il eu raison, peut-être même eût-il persuadé Talma.

Il faut bien le dire, nulle part plus que sur la scène ne se fait remarquer ce penchant à tout présenter aux yeux ; mais il y a un sentiment plus fin qui fera négliger ces grossiers moyens de plaire à la foule: alors l'acteur s'élèvera au-dessus du procédé; et quand il sera parvenu à s'adresser, non plus aux sens, mais à l'âme, nous pourrons dire qu'il a vraiment compris son art, et qu'en représentant des poëtes spiritualistes, il a su être spiritualiste à sa manière. Oui, l'acteur peut être spiritualiste comme le poëte, pourvu qu'il consente à ne pas modifier le rôle qu'il doit remplir, qu'il s'attache à chacune des pensées de l'auteur. Ainsi, quand il dira les deux vers du rôle de Cinna que nous citions tout-à-l'heure, il ne présentera pas seulement l'image d'une tête sanglante, mais il s'attachera surtout à dépeindre l'horreur que doit inspirer un pareil forfait: dans le premier cas, c'est une image qu'il présente; dans le second, c'est une idée qu'il éveille.

Mais ce qui est possible dans la tragédie ne le sera pas dans le drame moderne; l'acteur sera malgré lui entraîné à tout présenter aux sens, et s'il veut corriger le matérialisme de l'auteur, il deviendra froid. Ici, nous n'avons qu'à rappeler nos souvenirs; cette fois, ils sont bien récents.

Le Théâtre-Français n'a adopté que quelques pièces de Victor Hugo; il semble qu'il ait refusé de reconnaître les autres, comme des œuvres bâtardes. De temps en temps on y joue *Marion Delorme*, par exemple. Qui pourrait le nier? par un louable effort, les acteurs n'ont-ils pas tenté de faire disparaître ce qu'il y a de trop matérialiste dans ce drame? Ainsi, *Marion Delorme* devient assez correcte, mais en perdant son incorrection elle devient froide, ennuyeuse ; elle ne sait pas s'élever à la tragédie et semble toujours dire : Donnez-moi la Porte-Saint-Martin, les cris, les fureurs, le jeu qui seul peut me convenir.

C'est que le drame, tel que nous le connaissons dans nos auteurs contemporains, ne peut soutenir l'épreuve qu'ont soutenue les œuvres de Racine et de Corneille. Dans la forme qu'il affectait vers 1830, on peut dire qu'il était incompatible avec la tragédie classique, car le spiritualisme et le matérialisme sont deux irréconciliables rivaux ; et au théâtre, comme dans la société, pour que l'un reparaisse, il faut que l'autre s'efface. Aussi, quand mademoiselle Rachel a paru, le drame faisait place à une littérature plus réservée. La *Marie Stuart* de Lebrun, la *Jeanne d'Arc* de Soumet et les œuvres de MM. Ponsard et Augier ne ressemblent pas à celles de Victor Hugo ; même, comme l'auteur de *Lucrèce* et celui de *Gabrielle* l'ont affiché bien haut, ils ont la prétention d'être classiques.

M. Ponsard fait avec obstination des vers à l'antique ; le succès l'encourage, les revers le trouvent inébranlable. Quelques années après *Lucrèce*, il compose sa malencontreuse tragédie d'*Ulysse*, et quand l'abandon du public a laissé tomber cette œuvre, il a résolument mis au jour son poème d'Homère. Cependant, qui pourra dire que M. Ponsard est un classique ? Imite-t-il les auteurs du grand siècle? Étudie-t-il un caractère comme Racine étudiait ceux d'Oreste ou de Phèdre? Ainsi que le dit M. Patin[1], il imite bien plutôt Shakespeare, et peut-être même cette littérature qu'il veut renverser. « S'il fait un adroit mélange de l'ancienne régularité avec les libertés nouvelles, » je demanderai ce qui ressemble à l'ancienne régularité dans ses œuvres : est-ce sa poésie traînante et presque jamais travaillée? est-ce la manière dont il construit ses tragédies? Mais, en général, ce n'est qu'une suite de scènes juxtà-posées et non liées les unes aux autres. Est-ce l'étude de ses caractères? J'en appelle à la bonne foi de ceux qui ont vu représenter *Ulysse;* pour les autres, je les renvoie à un excellent article de M. Gustave Planche.

Quant à M. Augier, sans parler ici de sa *Gabrielle*, qui pourrait mériter des reproches analogues, je veux indiquer seulement la marche qu'il a suivie de *Gabrielle* à *Diane.*

Il se fait le champion des traditions classiques, et il emprunte son sujet à M. Sandeau ; et quelques années plus tard, les amis de l'art verront tomber les espérances qu'ils avaient fondées sur lui. En lisant *Diane* ils ne peuvent plus se le dissimuler; M. Augier est l'élève de Victor Hugo ; ils voient de nouveau *Marion Delorme*, mais *Marion Delorme* affaiblie.

Pour nous, qui croyons que l'acteur dépend de

---

[1] *Journal des Savants*, années 1843-44.

l'auteur, qu'il est contraint de marcher sur ses traces; condamner le poëte, c'est aussi condamner le tragédien. Et certes, en entendant mademoiselle Rachel dans son répertoire moderne, qui peut dire que tout son talent suffise à dissimuler au connaisseur l'impossibilité où elle est de mieux faire?

Cependant, il y a quelques années, en présence des succès de *Virginie* et de *Lucrèce*, le bruit des applaudissements aurait couvert la voix des critiques difficiles. L'actrice faisait valoir la poésie de l'auteur, et le public semblait reposer à l'aise ses yeux sur cette littérature un peu incolore, mais du moins réservée. Alors il eût fallu avoir le jugement bien sûr pour prévoir l'avenir prochain qui attendait notre théâtre, pour annoncer une seconde invasion du matérialisme sur la scène, pour prévoir que mademoiselle Rachel allait descendre à *Valéria*. Maintenant le fait est sous les yeux de tous, nul ne peut plus se le dissimuler; à *Valéria* a succédé *Diane*, c'était sortir du matérialisme pour le retrouver encore.

Rappelons-nous la première représentation de cette tragédie.

Au milieu d'une salle remplie d'amis, à peine quelques personnes indifférentes avaient-elles pu trouver place; elles voyaient se dérouler lourdement le nœud d'une pénible intrigue, quand mademoiselle Rachel, par une scène de la pantomime la plus vive, la plus étonnante, excita les applaudissements ; elle venait de réciter ce vers, qu'elle a rendu fameux :

Ma résolution s'est changée en statue.

et par une pose toute matérielle, elle avait surpris le public.

Enfin elle obtient du cardinal-ministre la grâce de son frère, et se retire en serrant le parchemin dans sa bouche.[1] Les applaudissements redoublèrent, et cependant on vit quelques personnes rester froides au milieu de cet universel enthousiasme ; elles avaient mesuré l'abîme où l'art venait de tomber ; oui, il y avait là un abîme qui engloutissait de nouveau la littérature et le théâtre : le matérialisme.

[1] Elle se souvenait sans doute de M. Victor Hugo, dans *Notre-Dame-de-Paris*, et de cette mère qui « tourne dans sa cellule comme une bête fauve.» Pour représenter cet état violent, qui ne laisse plus de place à la pensée, Mlle Rachel, à son tour, ne trouvait aux emportements de l'âme humaine d'autre figure que celle de la nature brutale.

CHAPITRE II.

Deux écoles de déclamation.
Leur manière différente d'étudier le dix-septième siècle.

Telle est mademoiselle Rachel dans ses rôles du théâtre moderne; voyons-la maintenant dans le dix-septième siècle.

Quand Lekain et Talma jouèrent les personnages de Corneille et de Racine, ils furent les mêmes dans les rôles d'Oreste et d'Auguste que dans ceux d'O-rosmane et de Brutus.

Confondre ainsi les temps, c'était faire une faute, c'était confondre la poésie de deux époques diffé-rentes; mais du temps de ces acteurs célèbres, la faute amenait après elle des conséquences bien moins funestes pour l'art qu'elles ne le seront maintenant, si mademoiselle Rachel, par exemple, tombe dans le même défaut. D'abord il est impos-sible de comparer la poésie de Voltaire, et même celle de Ducis, avec nos tragédies contemporaines ; celles-ci sont évidemment plus faibles.

Ensuite, tout en différant beaucoup du dix-septième siècle, il est sûr que l'époque de Louis XV et celle qui a suivi notre révolution, se sont rattachées à la tradition de Louis XIV. Ainsi, quoique la tragédie fût changée, on comprend que l'acteur n'avait pas à se dépouiller de toutes ses idées quand il passait des personnages de Voltaire à ceux de Racine.

Mais maintenant que le théâtre s'est métamorphosé, il y a tout un abîme entre nos poëtes les plus réguliers et ceux du dix-septième siècle ; aussi l'artiste aura besoin de renier la tradition de ses contemporains pour rechercher par une étude patiente quelle a été la poésie du temps passé. Il n'est plus dans les conditions où se trouvaient Lekain et Talma.

Le seul moyen d'interpréter maintenant les poëtes classiques, c'est de les étudier en eux-mêmes sans préjugés ; et en ce sens, je crois que plus la littérature ira en dépérissant, plus l'acteur sera affranchi des entraves qui le tiennent enchaîné a la suite des poëtes de son temps, plus il sera disposé à comprendre Racine et Corneille.

Mais dans l'état actuel de la littérature, quels seront les moyens que l'artiste emploiera pour se délivrer des préjugés de son époque ? Quelles dispositions lui seront plus favorables pour s'élancer dans le domaine de l'art et y rester libre ?

Voilà les questions qui se présentent d'abord à l'esprit.

Les artistes célèbres qui ont paru sur la scène française se divisent en deux parts, suivant qu'ils ont cherché la source de leur inspiration dans l'étude, ou suivant qu'ils ont pensé qu'une voix vibrante, des gestes passionnés, pourraient suffire à cacher un jeu irrégulier. Ainsi, au dix-huitième siècle, mademoiselle Clairon se crée elle-même par le travail, et le travail en fait cette grande actrice que Voltaire ne pouvait se lasser d'admirer. Mademoiselle Dumesnil, au contraire, se fie aux dons que lui a faits la nature. Fort applaudie d'abord, elle faiblit cependant. Je veux bien que mademoiselle Clairon se plaise à exagérer la gravité de sa chute; mais au fond il y a certainement quelque chose de vrai: la nature l'avait servie; quand elle lui retira ses faveurs, il ne lui resta plus rien.

Quelles sont là-dessus les pensées de mademoiselle Rachel? Dans une des pièces de son nouveau répertoire, pièce écrite pour elle, *Adrienne Lecouvreur*, les complaisants auteurs lui ont ménagé une scène au second acte où elle pût, si cela est possible, exposer sa théorie; c'est par l'art, dit-elle, qu'elle arrive au naturel; c'est en étudiant la société qu'elle cherche à composer ses rôles. Je crains que les auteurs n'aient eu l'histoire de mademoiselle Lecouvreur trop présente à l'esprit; ils ont confondu mademoiselle Rachel avec la tragédienne du dix-huitième siècle, sans soupçonner la distance qui sépare l'une de l'autre ces deux grandes actrices.

« Mademoiselle Rachel est admirable, disait un jour un étranger; nous avons parmi nous d'excellentes actrices, mais aucune n'a la faculté de s'émouvoir elle-même pour émouvoir les autres. » Il avait jugé mademoiselle Rachel; c'est cette faculté qui fait ses succès; ce n'est pas l'étude, ce sont les dons de la nature.

Dons riches, plus riches même qu'on ne le pense généralement : entendez-la, sa voix est vibrante, sa tête est expressive, et par-dessus tout, son organisation nerveuse lui permet de trembler réellement quand le personnage qu'elle représente doit trembler. Heureuse si elle avait su développer par l'étude de si admirables facultés! Mais l'histoire de sa vie nous montre qu'elle n'y a jamais songé.

Élève du Conservatoire dans une époque où tout Paris était engoué des œuvres les plus étranges, il eût été bien mal venu, celui qui eût conseillé l'étude de l'art.

D'ailleurs, mademoiselle Rachel a débuté trop jeune pour avoir un plan arrêté. Sa vie d'actrice aurait dû compléter les études de la débutante; mais en a-t-elle eu le temps? A-t-elle eu le loisir de rentrer ainsi en elle-même pour sonder son art? Ses représentations sont achevées à Paris, elle va chercher des succès nouveaux sur les théâtres de l'Europe.

Ah! les applaudissements gâtent vite! Et j'oserai le dire, on rencontre parfois dans la vie un breuvage amer qu'il faut boire sans crainte, parce qu'il fortifie l'homme : c'est le revers.

On rit de Lekain à ses débuts; mais son génie s'anime des obstacles, et il devient *le grand, l'admirable Lekain.*

Duprez est sifflé; il va demander de nouvelles inspirations à l'Italie, à ses artistes, et, quelques années plus tard, il devient l'immortel interprète de Rossini.

Si mademoiselle Rachel avait été moins adulée, si le public lui avait dit, tout en l'applaudissant : Vous avez encore à gagner; si la presse le lui eût répété chaque jour, ses facultés se seraient développées. Mais a-t-elle jamais soupçonné qu'il lui manquât quelque chose? Chacun ne lui disait-il pas que du premier coup elle avait atteint le plus haut degré de l'art?

Si donc, après avoir examiné les créations classiques de mademoiselle Rachel, nous venons à la trouver la même que dans son répertoire moderne ; la faute devra en être imputée à un public trop facile, autant qu'à l'actrice qui s'est laissé aveugler par lui.

En étudiant en détail quels sont les sentiments qu'elle exprime avec le plus de bonheur, nous voyons que c'est l'orgueil, la rage, le désespoir. Mais il ne suffit pas d'étaler à chaque instant ces sentiments dans chacun de ses rôles. Dans les œuvres de Racine, par exemple, chaque vers exprime un état de l'âme différent de celui qui est marqué dans le vers précédent. C'est donc en vain qu'on applaudira l'actrice si elle ne rend pas toutes ces nuances ; elle ne sera pas la véritable actrice, *quam quærimus eloquentem*.

C'est beaucoup exiger d'une femme, mais celle qui refuse d'entrer dans cette voie, se résigne par là même aux triomphes faciles, aux succès d'un jour qui s'effacent avec le souvenir. Mademoiselle Champmêlé, mademoiselle Clairon, mademoiselle Lecouvreur ont-elles hésité un instant ? Les pénibles labeurs de l'étude, les méditations de chaque moment ne les effrayaient pas ; car, en regardant devant elles, elles apercevaient un but digne de leurs efforts, la gloire. Mademoiselle Rachel, au contraire, est une actrice de la famille de mademoiselle Dumesnil. L'une et l'autre ont dû leur succès bien plus à leur talent naturel qu'à l'étude. C'est ainsi que chacune d'elles a représenté, dans deux époques bien différentes, une certaine manière d'entendre la déclamation.

Cependant l'appât du succès n'a jamais pu décider tous les acteurs à suivre leurs traces ; si quelques-uns ont cédé à l'entraînement, au désir de briller, d'autres y ont résisté ; à côté de mademoiselle Dumesnil étaient des acteurs corrects et étudiés, Lekain et bientôt mademoiselle Clairon. C'est eux qui s'opposèrent à l'invasion du mauvais goût ; et si de nos jours les traditions classiques se sont conservées au Théâtre-Français , malgré mademoiselle Rachel, c'est qu'il y a eu des hommes capables de lutter contre l'engouement public.

Ainsi, voyez les principaux artistes qui paraissent chaque jour sur la scène avec mademoiselle Rachel : MM. Beauvallet, Geffroy, Maubant : comment ont-ils fait leur éducation dramatique ? J'oserai surtout l'assurer dans ces dernières années, en ce qui regarde M. Beauvallet, d'une façon toute opposée à celle de notre tragédienne : Mademoiselle Rachel est dans le dix-septième siècle ce qu'elle est dans le dix-neuvième. M. Beauvallet, par un effort contraire, reste dans le dix-neuvième siècle ce qu'il est dans le dix-septième.

On voit parfois enlever à un vieux monument romain les pierres qui vont servir à élever une villa moderne; ainsi les grands acteurs n'auront qu'à arracher un peu de la toge de Cinna pour s'en couvrir chaque fois qu'ils joueront les rôles de conspirateurs ; et c'est là ce qui fait à nos yeux le grand mérite de cette déclamation, que j'appellerais volontiers la vieille déclamation du Théâtre-Français.

Tant que la France a eu des poëtes comme Voltaire, comme Ducis, on pouvait dire à l'acteur :

faites-vous le représentant de cette littérature, elle suffira à votre gloire ; mais la poésie dramatique semble prête à rendre le dernier soupir, il faut donc s'en séparer courageusement pour chercher ailleurs un aliment à la pensée.

Cet aliment, cette matière à fortes études, l'acteur le trouvera toujours dans les poëtes du dix-septième siècle.

Les véritables acteurs, les disciples du dix-septième siècle se reconnaîtront facilement à leur diction sage et réservée, à leur respect pour l'œuvre qu'ils doivent faire valoir ; et dans les rôles du répertoire moderne, il restera toujours quelque chose de cette correction. Voyez M. Beauvallet dans Virginius ; habitué aux personnages de Corneille, il a encore ici la grandeur du Romain.

Ainsi, ce groupe d'hommes qui, sans s'incliner devant les heureux poëtes du jour, persiste dans les vieilles traditions, représente vraiment l'esprit qui doit inspirer le théâtre. Et si Lekain, si Talma reparaissaient maintenant, ils diraient comme eux : La littérature est morte. Eh bien ! retirons-nous dans le dix-septième siècle ; oublions dans l'étude des temps passés les malheurs des temps présents.

CHAPITRE III.

Mademoiselle Rachel dans les rôles de Corneille et de Racine.
Pauline, Phèdre.—M. Beauvallet,
Oreste, le vieil Horace, Polyeucte.

Maintenant que nous avons fait la différence des
deux écoles, nous avons besoin de les voir l'une et
l'autre à l'œuvre. Ainsi, nous les considérerons d'a-
bord dans la manière de créer un rôle ; nous descen-
drons ensuite dans le détail. Et certes, si celui qui fait
de la critique littéraire a besoin d'entrer quelquefois
dans des explications minutieuses et presque techni-
ques, combien elles seront plus nécessaires ici! Quand
il s'agit de poésie, par exemple, si vous entendez
lire des vers, votre mémoire ne les laisse pas tous
échapper ; elle en retient au moins quelques-uns.
Quand vous sortez du théâtre, vous répétez seulement, en parlant d'un acteur. Il était admirable !
Le plaisir que vous avez éprouvé n'est plus dans
votre esprit qu'un sentiment confus.

Eh bien ! demandons-nous maintenant comment mademoiselle Rachel s'est rendu compte des personnages de Pauline et de Phèdre. Ce sont les deux caractères de femme les plus complets dans le théâtre au dix-septième siècle. Pauline est la création de Corneille ; Phèdre, celle de Racine ; comment l'actrice devra-t-elle comprendre les deux poëtes?

Tous les critiques ont admis que Pauline, telle que la représente mademoiselle Rachel, est la Pauline du poëte. Or, qu'est Pauline dans Corneille? C'est cette femme vertueuse, chrétienne par ses sentiments, qui donnera par devoir à l'affection de Polyeucte

Tout ce que l'autre avait par inclination.

Qui, grâce à cette même vertu, même en avouant à Sévère que dans son cœur

Tout n'est que trouble et que sédition,

saura se mettre au-dessus du péril.

Est-ce bien en ce sens que mademoiselle Rachel récite les vers du premier acte, qui, seuls, peuvent nous expliquer Pauline? Sa diction froide, incertaine, prouve qu'elle n'a pas même cherché à représenter ce personnage tel que l'avait conçu Corneille.

Au second acte, quand elle est en présence de Sévère, sa pose devient embarrassée. Est-ce donc de l'embarras qu'elle doit éprouver? L'embarras serait bon dans un rôle de jeune première; mais Pauline est plus que cela; elle est l'épouse, et l'épouse sûre d'elle-même. Le sentiment qu'elle doit avoir, le seul qu'elle puisse laisser paraître, c'est une juste douleur. Quand Polyeucte, étonné du brusque départ de Sévère, s'écrie :

Quoi! vous me soupçonnez déjà de quelque ombrage !

écoutez cette réponse :

Je ferais à tous trois un trop sensible outrage.

Quelle dignité! quel calme! quelle noble assurance de la vertu!

Et cette femme se présenterait tremblante, embarrassée devant Sévère? C'est, il faut l'avouer, une étrange façon de comprendre ce second acte.

Au troisième, Félix paraît; sa fille a appris que les deux chrétiens viennent de briser les idoles; elle va implorer son père pour Polyeucte. Ici, mademoiselle Rachel se contient; on dirait qu'elle veut montrer qu'elle n'aime son époux que par *devoir*. Cela pouvait être dans le cours de la vie ; mais il n'en est plus ainsi en face du péril. Les alarmes de l'épouse doivent être aussi vives que s'il se fût agi de Sévère lui-même, car jamais dans une pareille situation une femme vertueuse ne pourra réfléchir et peser ce qu'elle doit d'attachement à Polyeucte, ce qu'elle peut garder d'amour à Sévère.

Ainsi, c'est par une galerie de scènes peu comprises en général, que mademoiselle Rachel nous conduit au quatrième acte. Arrêtons-nous un moment avec elle à l'entretien de Sévère et de Pauline. Mademoiselle Rachel, avons-nous dit, ne sait pas ce qu'elle doit à son époux, ce qu'elle peut encore accorder à son amant. Nulle part cette observation ne deviendra plus sensible que dans la scène dont nous parlons ici.

Pauline est en présence de Sévère, et elle vient lui demander grâce pour son époux. C'est peut-être la plus belle situation que présente le théâtre; et cependant on dirait que mademoiselle Rachel y est mal à l'aise; elle dévore les plus beaux passages, prononce avec une étonnante froideur des vers tels que ceux-ci :

> Mon Polyeucte touche à son heure dernière;
> Pour achever de vivre, il n'a plus qu'un moment.
> . . . .
> Souvenez-vous enfin que vous êtes Sévère.
> Si vous n'êtes pas tel que je l'ose espérer,
> Pour vous priser encor je le dois ignorer.

Mademoiselle Rachel semble réserver ses forces pour la grande tirade du cinquième acte, celle où Pauline se déclare chrétienne; mais, en dépit des applaudissements unanimes, cette voix haletante et saccadée conviendrait plutôt à la surprise et à la lère qu'au doux enthousiasme de la foi.

D'ailleurs, mademoiselle Rachel devrait songer que tout est amené dans nos poëtes classiques; qu'ainsi, quand elle aura fait disparaître tout ce qui prépare la conversion de Pauline, il restera un passage, qui pourrait être fort beau, mais qui étonnerait toujours, parce qu'il n'aurait pas été pressenti. Ces observations faites sur Pauline s'appliqueraient en partie à Camille, à Émilie : aussi nous passerons tout de suite à la création capitale dans Racine, à *Phèdre.*

Ici encore même manque d'étude, même indécision dans la manière de concevoir le personnage. Voyons·nous Phèdre telle que l'a peinte Racine et telle que la comprenait mademoiselle Clairon? Où est la gradation des sentiments, si bien marquée dans Racine, depuis le premier jusqu'au cinquième acte? Au lieu de chercher à rendre ces nuances délicates, que peut-être la foule ne sentirait pas bien, notre actrice aime mieux pousser de ces cris qui surprennent du moins, s'ils ne font pas toujours plaisir. En général, elle joue bien plutôt la Phèdre de Sénèque que celle de Racine. Prenez, par exemple, le passage où OEnone vient annoncer à la reine que Thésée est de retour ; prenez aussi le quatrième acte et la scène du cinquième où Phèdre mourante demande pardon à Thésée. Sans cesse mademoiselle Rachel confond, faute d'étude, le remords avec les larmes, le désespoir avec la rage. Et cependant le public applaudit! Oui, certes, il applaudit, mais ce n'est point à l'art, c'est aux procédés de la tragédienne; c'est que mademoiselle Rachel vous étourdit; vous restez les yeux fixés sur elle; et si parfois elle semble vous promettre un instant de répit, cherchez-vous à vous rappeler vos études, à opposer la pensée de Racine et le personnage qu'il avait conçu à celui qu'on vous représente; vous n'en avez pas le temps : à peine avez-vous détourné la tête, un cri nouveau s'est fait entendre, et vous êtes obligé de renoncer au poëte pour suivre l'actrice. Ainsi la pensée de mademoiselle Rachel me paraît être d'étonner le spectateur, de ne pas lui permettre de réfléchir, de revenir à lui; elle craindrait peut-être cette réflexion. Oh! combien M. Beauvallet a été mieux inspiré quand il a pris l'art pour but dernier de ses efforts! Combien son Polyeucte est supérieur à la Pauline que nous avions tout à l'heure sous les yeux! M. Beauvallet est arrivé par une longue étude à nous faire comprendre Corneille; en l'entendant, on n'a plus besoin de ses souvenirs. On n'a pas besoin de s'interroger pour savoir si le personnage qu'on a devant les yeux est bien celui que le poëte a conçu et que devinait le spectateur. Cet homme sombre, à la voix sourde, est bien le *tristis Orestes* indiqué par le poëte latin. Pour la première fois depuis longtemps au théâtre, le vieil Horace, dans son cri fameux, laisse percer l'amour paternel à travers le patriotisme. Ce Polyeucte, que l'ardeur du martyre transfigure à nos yeux, est le chrétien de ces temps de ferveur et de foi, le Polyeucte de Corneille. C'est ainsi que l'acteur reprend sa place auprès du poëte; hors de là, il le sacrifie à son désir de plaire.

CHAPITRE IV.

Étude sur la manière de déclamer le vers.
Exemples : Hermione, Phèdre, etc.
Conséquences des défauts de Mademoiselle Rachel.
Conclusion.

Nous avons vu ce que c'est que de créer un rôle.
Voyons comment l'acteur étudie le détail, comment
il doit comprendre le vers pour le faire comprendre
au spectateur. Ici la nouvelle et l'ancienne école,
l'une qui s'est toujours produite dans les temps de
décadence, l'autre qui a toujours paru dans les
grands siècles littéraires, vont se retrouver en présence, et chacune va poursuivre son système jusque
dans ses dernières conséquences.

Les poëtes des temps d'Auguste ou de Louis XIV
cherchent toujours le beau. Faire jaillir quelque
étincelles, ce n'est pas assez pour eux; il leur faut
atteindre la perfection du détail; ils s'y attachent.

Virgile corrige sans cesse ses vers, et quand Boileau dit :

> Cent fois sur le métier remettez votre ouvrage,
> Polissez-le sans cesse et le repolissez.

il ne donne pas un vague précepte de rhétorique; il parle à des hommes qui savent ce que c'est que ce travail continuel. A côté de Boileau est Racine.

Lisez Racine, tout y est beau; relisez-le plusieurs fois, attachez-vous aux plus petits détails, tout sera plus beau; vivez avec ce poëte, et vous sentirez encore quelque chose à gagner.

L'acteur ne doit donc pas traiter Racine comme il traitera nos féconds écrivains; ce serait une profanation, et c'est cette profanation que nous reprochons à mademoiselle Rachel et à son école.

Prenons, par exemple, la première scène de *Phèdre*. Combien y a-t-il de vers que notre actrice néglige, depuis ceux-ci :

> Dieux, que ne suis-je assise à l'ombre des forêts !

jusqu'à ceux-ci :

> Mon mal vient de plus loin : à peine au fils d'Egée
> Sous les lois de l'hymen je m'étais engagée.

Là, mademoiselle Rachel se ranime; on dirait qu'elle choisit au milieu des vers de Racine quelques pensées pour les mettre en saillie; et, chose étrange ! ce n'est pas en général sur les plus beaux vers qu'elle s'arrête. Qu'importe la valeur littéraire d'une pensée quand on cherche les applaudissements ?

Hors de ces passages, mademoiselle Rachel a pour habitude, je n'ose pas dire pour méthode, de dévorer quelquefois des tirades entières. Elle va si vite alors, qu'on peut à peine saisir ses paroles. Que ce soit un effet de l'art, cela me paraît difficile ; ce serait bien plutôt la suite inévitable de sa manière d'entendre les poëtes du dix-septième siècle ; c'est le trait dans la déclamation.

Ainsi, l'acteur négligé cherche le trait comme le poëte incorrect. Bien souvent, après une tirade mal écrite, on voit Victor Hugo réveiller l'attention par un vers sonore, par une pensée qui étonne ; c'est le *lumen* des Latins de la décadence ; et l'acteur qui, faute de travail, se condamne à l'incorrection, s'efforcera, à l'exemple du poëte, de faire oublier son jeu par un cri, par un geste, en un mot par un trait.

Que parfois l'acteur, pour varier un récit, dise quelques vers plus rapidement que les autres, le public comprend sa pensée et l'approuve ; il rompt ainsi la monotonie ; il interprète même la pensée du poëte, qui est de glisser sur des idées de moindre importance. Mais dans une tirade passionnée, s'épuiser à aller vite, c'est faire un contre-sens.

Ce défaut se trouve bien fréquemment dans mademoiselle Rachel. Ainsi, prenez au hasard quelques vers du quatrième acte d'*Andromaque,* dans la scène entre Hermione et Pyrrhus :

Vous ne répondez point, perfide ; je le voi,
Tu comptes les moments que tu perds avec moi.
Ton cœur, impatient de revoir ta Troyenne,
Ne souffre qu'à regret qu'une autre t'entretienne.

Mademoiselle Rachel dit avec fureur le premier hémistiche : *Vous ne répondez point ;* elle appuie sur le mot *perfide,* et en cela elle a raison. Mais l'actrice me semble fort mal inspirée quand elle efface le vers suivant et la première moitié du troisième, car c'est ce passage qui amène tout naturellement le mot fameux : *ta Troyenne,* que mademoiselle Rachel dirait avec bonheur si elle avait su le faire pressentir. Quant au quatrième vers, elle le prononce avec cette même diction que nous blâmions tout à l'heure. Prenons de même la scène des fureurs de Phèdre ; mademoiselle Rachel dit très-naturellement le premier vers :

Chère Œnone, sais-tu ce que je viens d'apprendre ?

Elle éclate sur celui qui suit :

Œnone, qui l'eût cru ? j'avais une rivale.

puis elle fait disparaître entièrement la tirade suivante :

Hippolyte aime, et je n'en puis douter,
Ce farouche ennemi que je n'ai pu dompter,
Qu'offensait le respect, qu'importunait la plainte....

N'y a-t-il pas là autant de pensées que de mots? Il peut être beaucoup plus commode de se débarrasser de semblables passages, mais c'est à coup sûr beaucoup moins littéraire.

De même dans la tirade suivante, on applaudit toujours le *tu le savais*. Tous ceux qui ont vu représenter *Phèdre*, se souviennent que mademoiselle Rachel se retourne vers OEnone, et lui dit ce mot de la façon la plus naturelle. C'est un contraste frappant que l'actrice veut présenter, et elle est sûre d'étonner ainsi. Mais les vers suivants prouvent le contresens. Phèdre y fait une suite d'interrogations; elle presse OEnone; elle croit voir en cette femme la complice de l'amour d'Hippolyte.

> Pourquoi me laissais-tu séduire?
> De leur furtive ardeur ne pouvais-tu m'instruire?
> Les a-t-on vus souvent se parler, se chercher?
> Dans le fond des forêts allaient-ils se cacher?

C'est sûrement un reproche que la malheureuse femme adresse à sa confidente, et quand on fait un reproche violent, il me semble difficile de changer tout à coup de ton pour dire avec naturel un mot qui, comme *tu le savais*, est encore ici une interrogation ou un blâme. Souvenons-nous maintenant de la manière dont M. Beauvallet dit les dernières tirades du rôle d'Oreste :

> Grâce aux dieux, mon malheur passe mon espérance ;
> Oui, je te loue, ô ciel! de ta persévérance;
> Appliqué sans relâche au soin de me punir,
> Au comble du malheur, tu m'as fait parvenir.

Si mademoiselle Rachel avait à déclamer ces vers, elle les dirait à peu près de cette manière : peut-être appuierait-elle sur les deux premiers ; mais certainement elle glisserait sur le troisième et probablement sur une partie du quatrième.

M. Beauvallet, au contraire, suit la gradation observée par le poëte. Chaque mot porte ; il faut donc que chaque mot soit exprimé. Chaque mot exprime une idée nouvelle ; il faut donc qu'il soit dit d'une manière d'autant plus saillante qu'il exprimera un sentiment plus saillant. Et maintenant, ne balançons plus à le dire, c'est là la vraie déclamation ; et celui qui désormais sortira de cette voie pourra être un acteur applaudi, mais il ne méritera pas le nom d'artiste. Qui pourrait, en effet, donner ce grand nom à ceux qui, ne prenant plus la peine de chercher la pensée du poëte, osent y substituer leur pensée personnelle, préférant ainsi l'inspiration du moment à la mûre réflexion de Corneille et de Racine ? L'acteur qui ne se résoudra pas à une étude consciencieuse, devra par là même se résigner à d'étranges contre-sens. C'est ainsi qu'on verra mademoiselle Rachel donner à l'expression de l'amour de Phèdre le grossier caractère d'une ardeur sensuelle, et substituer dans Camille, au désespoir de l'amour, le délire de la rage.

Le désir de plaire l'emporte sur l'art. Plus de poésie classique, plus de dix-septième siècle, plus même de tragédie ! La vérité même des situations n'est plus respectée. Marie Stuart, captive, menace Elisabeth d'un geste furieux, et cette pose de l'actrice serait incompréhensible, si nous ne savions que cette main qui s'avance vient chercher un applaudissement, et qu'elle ne se retirera qu'après l'avoir reçu.

Ainsi, l'expression de la physionomie ne reflète plus l'état de l'âme, tel que le conçoit le poëte ; le geste ne correspond plus à la pensée ; toute harmonie est rompue.

On a dit bien des fois que la tragédie française a toute la correction de la statue antique, mais qu'elle en a la froideur. Oui, elle en a la beauté ; ses lignes sont pures comme celles des femmes de Praxitèle ; mais on sent aussi le mouvement qui circule dans ses veines, on y sent la vie, une vie calme et régulière.

C'est pour cela que l'acteur qui ne pourra se contenir, qui ne saura pas montrer cette agitation de l'âme sous des traits contractés par la pensée, et non par les passions dans leur brutalité, renoncera par là même à représenter le dix-septième siècle. Je lui dirai : « Ne jouez pas Phèdre, mais bien Ruy Blas ou la Tisbé. »

Ah ! les grands acteurs ont visé plus haut ! et c'est la reproduction de cette beauté parfaite, dont les poëtes du siècle de Louis XIV ont si souvent approché, qu'ils poursuivaient.

Ainsi, mademoiselle Clairon rapporte que le jour

de ses débuts elle joua Phèdre. Tous les effets que sa voix, habilement exercée, pouvait produire, elle les produisit; tout ce que son jeu, vraiment tra-gique, pouvait faire, il le fit. D'unanimes applau-dissements la récompensèrent, le public saluait déjà la grande actrice.

Au milieu de ce triomphe, mademoiselle Clairon se retira mécontente. Le lendemain elle reparut dans le même rôle; cette fois elle avait changé tout son jeu. Hier elle sacrifiait au public, aujourd'hui elle obéissait à l'art.

L'enthousiasme fut moins vif. Le parterre ne reconnaissait plus l'actrice de la veille; et cepen-dant elle se retira satisfaite, elle avait rendu la poésie de Racine.

Admirable exemple laissé par une grande tragé-dienne, mais exemple bien peu suivi. Depuis lors, mademoiselle Duchesnois, mademoiselle Rachel, mille autres, ont joué ce rôle. Parmi toutes ces actrices, quelle est celle qui a songé à imiter ce dés-intéressement?

Mais au théâtre, le jugement de la foule l'em-porte bien souvent sur celui des connaisseurs. C'est ainsi que la masse a fait le succès de mademoiselle Rachel. Le public a applaudi, parce qu'il com-prenait.

Que vient admirer cette foule qui remplit le théâtre, quand mademoiselle Rachel y doit jouer? Est-ce l'actrice? Est-ce la tragédie? Certainement peu lui importe qu'on représente *Valéria* ou *Phèdre*, c'est mademoiselle Rachel qu'elle vient chercher.

L'actrice s'est donc habituée à deviner l'état moral de son auditoire ; et comme chaque jour elle a appris à céder davantage à ses tendances, à chaque représentation aussi l'influence de ce public est apparue d'une manière plus sensible.

C'est une pente funeste. En la suivant, mademoiselle Rachel est toujours entraînée à un mépris plus complet de ses rôles : cette méthode porte en germe le principe destructif de l'art. Persister dans cette route funeste, parler ainsi aux sens, c'est traîner la poésie dans la boue, c'est la tuer. Dans la décadence impériale, quand le goût dépravé des Romains ne comprit plus les vers de Térence et la poésie du vieil Accius, ils se passionnèrent pour les pantomimes ; c'était le seul plaisir dramatique qui convenait aux temps de Néron et d'Héliogabale ; les sens étaient frappés, l'âme n'avait que faire là, et c'était ce qu'il fallait à ces Romains qui n'en avaient plus.

Sans comparer toutefois notre état à celui de la Rome du second et du troisième siècle de notre ère, protestons avec énergie contre l'envahissement du matérialisme dans l'art. Les conséquences en seraient peut-être irréparables, et l'état du théâtre ne tarderait pas à dénoter l'abaissement du niveau moral dans le peuple.

Et si la poésie est morte dans notre époque, si la gloire du théâtre semble décroître sous des influences funestes, ce n'est pas parce qu'on ne rencontre qu'un grand siècle littéraire dans l'histoire d'un peuple; qui peut croire à un pareil fatalisme? c'est que nos auteurs ont perdu la pensée, c'est que nos acteurs ne savent plus l'exprimer.

Pour nous, la pensée sera donc le principe rénovateur de l'art; c'est la pensée qui doit guider le grand poëte, c'est elle qui doit guider le grand acteur; et malheur au poëte, malheur à l'acteur qui ne savent plus penser !

Imprimerie BAILLY, DIVRY et Ce, place Sorbonne, 2.